Die Welt der Mongolen

Michael Köhlmeier

Die Welt der Mongolen

Libretto
zu einer Oper von
Kurt Schwertsik

Deuticke

Entstanden im Auftrag des Landestheaters Linz.
Uraufgeführt am 9. Februar 1997.

1. Akt

1. Szene

Ein Platz.
Zwei Gebäude: Museum und Autowerkstatt.
Über dem Museum in Leuchtschrift:

»Die Welt der Mongolen«

Hier sitzt die Frau an der Eintrittskasse.

Vor dem Museum ein Taxistand. Telephonsäule. Der Taxifahrer steht neben seinem Wagen und wartet.

Während des Vorspiels dreht die Sonne ihre Bahn von Morgen bis Abend.

Taxifahrer:
Im Prinzip ist jeder Mensch mein Kunde.
Grundsatzmäßig schließ ich keinen aus.
Alle wissen weder Tag noch Stunde.
Pünktlich steht das Taxi vor dem Haus.

Frau an der Eintrittskasse:
Leer sind die Straßen, die Gassen, die Plätze!
Menschenskind, wie ich den Morgen schätze!
Ach, wenn mir das Schicksal nur einen zeigte,
der sich über mich und mein Leben neigte!

Taxifahrer:
Fraglich, ob ich Bringer oder Holer,

ob ich Nehmer oder Geber bin.
Mancher, den ich hole, ruft, obwohl er
nie mehr wiederkehrt: »Egal wohin!«

Frau an der Eintrittskasse:
So gegen elf dann merkt man, wie die Leute blöd sind.
Menschenskind, wie ich den Mittag öd find.
Steh da am Eingang zu uralten Welten,
ach, könnte ich einem nur alles gelten!

Taxifahrer:
Andrer meint, ich hole, um zu bringen;
meint, mein Tun sei macht- und andachtsvoll.
Solcher wünscht, daß ich auf Engelsschwingen
schwarz und ernst ihn heimwärts bringen soll.

Frau an der Eintrittskasse:
Dann noch sechs Stunden an der Eintrittskasse!
Menschenskind, wie ich den Abend hasse!

Telephon klingelt.

Taxifahrer nimmt Hörer ab.

Taxifahrer:
Aha! Aha!
Freilich! Freilich!

Frau an der Eintrittskasse:
Ich kann es nicht glauben, daß mich niemand mag.
Gott sei Dank ist heut der letzte Tag!

Taxifahrer:
Schon eil ich,
eil ich!

Legt auf.

Taxifahrer und Frau an der Eintrittskasse gleichzeitig

Taxifahrer:
Alle wissen weder Tag noch Stunde.
Pünktlich steht das Taxi vor dem Haus.
Im Prinzip ist jeder Mensch mein Kunde.
Grundsatzmäßig schließ ich keinen aus.

Frau an der Eintrittskasse:
Ich kann es nicht glauben, daß mich niemand mag.
Gott sei Dank ist heut der letzte Tag!
Ach, wenn mir das Schicksal nur einen zeigte,
der sich über mich und mein Leben neigte!

Taxifahrer ab.

2. Szene

Die Besucher strömen aus allen Richtungen zum Museum.

Auftrittschor

Ein Museumsbesucher:
... so gemacht und übersichtlich ...

Ein anderer Museumsbesucher:
... kann es auch der Laie verstehen ...

Zwei Museumsbesucher:
... alles picobello sortiert ...

Zwei andere Museumsbesucher:
... und mit Kommentaren versehen ...

Vier Museumsbesucher:
... das zieht sich über fünf Stockwerke hin ...

Vier andere Museumsbesucher:
... und über zwanzig Epochen ...

Acht Museumsbesucher:
... und kommt auch ein Katalog heraus ...

Sechzehn Museumsbesucher:
... leider erst in zwei Wochen ...

Frau an der Eintrittskasse:

Bitte, nicht drängen vor diesem engen
Eingang, es kommen alle noch dran!

Chor der Museumsbesucher:

Kommen wirklich alle dran?
Kommen wirklich alle dran?
Kommen wirklich alle dran?
Kommen wirklich alle dran?

Frau an der Eintrittskasse:

Schimpfen Sie nicht und stellen Sie sich
möglichst in Zweierreihe an!

Chor der Museumsbesucher:

... möglichst in Zweierreihe an,
möglichst in Zweierreihe an,
möglichst in Zweierreihe an,
möglichst in Zweierreihe an!

Die Museumsbesucher formieren sich zum großen Chor.

Chor der Museumsbesucher:

Einmal, einmal freut man sich!
Einmal kommt die »Welt der Mongolen«!
Und dann steht man an! Ist das nicht ärgerlich!
Ach, würde man die Ausstellung doch im Herbst
wiederholen!

Frau an der Eintrittskasse:

Kurz vor Schluß strömt noch die Masse,

staut sich vor der Eintrittskasse,
staut sich vor der Eintrittskasse.

Chor der Museumsbesucher:

Jeder von uns hat sich vorgenommen,
am Anfang zu gehen oder zwischen der Zeit,
und trotzdem sind wir alle kurz vor Schluß,
kurz vor Schluß,
kurz vor Schluß erst gekommen.
Der Grund ist so eine blöde, fast ominöse Vergeßlichkeit.

Frau an der Eintrittskasse:

Erst stehen sie draußen, dann stehen sie drinnen,
als gäb's das alte Zeug,
das alte Zeug zu gewinnen.

Chor der Museumsbesucher:

Man nimmt sich vor, morgen geh ich hin.
Und dann hat man's glatt verschwitzt!
Jetzt sag einmal, sag ich, das gibt's nicht, ich bin
doch noch klar! Aber letzthin
sitzt oben in der Kantine mir einer gegenüber,
und der schaut die ganze Zeit zu mir herüber,
und ich hab keine Ahnung, wer das ist!
Blackout!
Keine Ahnung, wer das ist!
Blackout!
Keine Ahnung, wer das ist!
Ich sage: Bitte sag, wer du bist.
War's einer, den ich seit zwanzig Jahren,

ich wiederhole: seit zwanzig Jahren kenne und täglich sehe!
Ominös!
Ja, manchmal glaub ich, es ist soweit!
Das mein ich mit ominöser Vergeßlichkeit!
Und darum stehe
ich jetzt in der Schlange, um mir Karten zu holen –
am letzten Tag von »Die Welt der Mongolen«!

3. Szene

Taxi fährt vor. Stefanie und Wilfried steigen aus.

Taxifahrer:
Macht dann hundertsiebzig genau,
bitte, mein Herr, gnädige Frau.
Wollen die Herrschaften einen Beleg?

Wilfried schlägt wütend die Tür zu. Nun steigt auch der Taxifahrer aus.

Wilfried:
He, Sie, das war der falsche Weg!
Das zahl ich nicht, das war zu weit!

Stefanie:
Wilfried, es bleibt nur noch wenig Zeit!

Wilfried:
Ein Umweg!

Taxifahrer:
Umweg?

Wilfried:
Ein Umweg! Ja, das mein ich!

Taxifahrer:
Der kürzeste Weg ist oft löchrig und steinig.

Stefanie:

Deutet auf das Museum.

Wilfried, bitte, keinen Streit
vor dieser erhabenen Vergangenheit.
Hier, vor dem Eingang zur »Welt der Mongolen« ...

Will zahlen. Wilfried hindert sie daran.

Wilfried:

Stefanie, bitte! Wir werden bestohlen!

Taxifahrer:

Ich gebe zu bedenken als Argument,
daß der Taxameter rennt.
Ich rat drum den Herrschaften, sich zu sputen!
Sonst werden die Herrschaften saftig saftig bluten!

Wilfried:

außer sich

Er will, daß wir bluten!

Taxifahrer:

Im übertragenen Sinn.

Wilfried:

Immerhin! Immerhin! Immerhin! Immerhin!

Duett

Stefanie:

In den Stürmen der Geschichte

bluten ganze Völker aus,
Bilder, Zeugen und Berichte
türmen sich in diesem Haus.

Wilfried:
Und auf diesem Flecken Erde
und in dieser Gegenwart
führ ich ungerührt Beschwerde
gegen diese Taxifahrt.

Stefanie:
Setz das Große vor das Kleine!
Meide auch gerechten Streit!
Heb dich über das Gemeine!
Üb dich in Bescheidenheit!

Wilfried:
Wo das Unrecht sich verbreitet,
sprießt die Ungerechtigkeit,
und der schlauste Teufel reitet
auf der Selbstbescheidenheit.

Stefanie:
Weltgeschichte int'ressiert mich,
nicht ein gegenwärt'ger Zwist.

Wilfried:
Mich berührt nicht, was gewesen,
sondern nur das, was da ist.

Stefanie und Wilfried:
Eigentlich sind wir sehr einsam.

Du bist mir das Gegenteil.
Gar nichts haben wir gemeinsam.
Wir sind nur zusammen, weil:

Wir uns lieben, wir uns lieben
wie der Tag das Sonnenlicht.
Weiteres wär übertrieben.
Andre Gründe gibt es nicht.

Chor der Museumsbesucher:

Ominös!
Ominös!

4. Szene

Taxifahrer:
Küß die Hand! Küß die Hand!
Hundertachtzig – neuester Stand!

Stefanie:
zum Taxifahrer
Hier sind fünfhundert. Geben Sie mir raus!

Wilfried:
Stefanie, nein, er plündert uns aus!

Stefanie:
Wilfried, bedenke doch nur,
wir streiten hier vor sechshundert Jahre alter Kultur!
Das ist doch peinlich!

Wilfried:
Du denkst, ich sei kleinlich?

Chor der Museumsbesucher:
Das ist allerdings peinlich!
Und außerdem kleinlich.
Peinlich und kleinlich.
Aber hauptsächlich peinlich.
Durch und durch peinlich.
Und obendrein, obendrein kleinlich.

Stefanie macht sich von Wilfried los, reicht dem Taxifahrer einen Fünfhunderter hin.

Stefanie:

Aber bilden Sie sich nichts darauf ein!
Zum Streiten ist mir der Anlaß zu klein.

Taxifahrer:

Genau, gnäd'ge Frau!
Und mir ist Ihr Schein zum Wechseln zu groß.
Und der Taxameter tickt erbarmungslos.
Auf hundertneunzig hat er sich
bereits gesteigert. – Ist das nicht ärgerlich! –
Hemmen Sie des Zählwerks Lauf
und runden Sie schnell auf zweihundert auf!

Wilfried:

voll Wut, sich überstürzend
Hier zeigt sich der Bürger,
der Sauger, der Würger,
der Hetzer und Treter,
der Schleimer und Beter,
der Stinker und Rotzer,
der Prahler und Kotzer,
der Presser und Reißer,
der Beller und Beißer,
der Beißer,
der Beißer!

5. Szene

Taxifahrer:
Couplet
Ich streite nicht, ich streite nicht.
Ich brauch mich nicht zu apologisieren.
Soll mir der Herr doch den Begriff,
soll mir der Herr doch den Begriff,
soll mir der Herr doch den Begriff
des Umwegs erst definieren.

Im Dreieck führt der kürzeste Weg –
diese Meinung wird er vertreten –
über die Hypothenuse und nicht
über die beiden Katheten.

In unserem Falle heißt das, ich hätt
den Gürtel wählen sollen.
Das wäre der kürzeste Weg, wenn der Herr
zu spät kommen hätte wollen.

Geometrisch geseh'n hat er recht,
das möchte ich gar nicht verneinen.
Aber was hat der Kunde für einen Tau
von dem Stau,
von dem Stau ...

Chor der Museumsbesucher:
... von dem Stau,
von dem Stau ...

Taxifahrer:
... von dem Stau auf dem Gürtel?
Keinen!
Keinen!

Wilfried:
Hier zeigt sich der Bürger,
der Sauger, der Würger,
der Hetzer und Treter,
der Schleimer und Beter,
der Stinker und Rotzer,
der Prahler und Kotzer,
der Presser und Reißer,
der Beller und Beißer,
der Beißer,
der Beißer,
der nackte Tyrann!

Taxifahrer:
zum Chor
Ob einer der Herrschaften hier helfen kann?

Stefanie:
Ist keiner da, der uns wechseln kann?

Chor der Museumsbesucher:
Jetzt wenden sich die beiden natürlich an mich.
Können tät ich schon, aber wollen tu ich nicht.
Da steht man dann vor offenen Türen,
und womöglich fangen sie an, dich am lebendigen Leib zu berühren.

Zum Glück ist ja noch ein bißchen Kleidung dazwischen,
daß sie dir nicht gleich ganz die Haut abwischen.

Ich habe mich bereits zu Hause erkundigt,
was der Eintritt kostet.
Ist das Geiz?
Ich habe mir den Betrag zurechtgelegt im Portemonnaie.
Und ein Hunderter dazu für hinterher ein Kaffee.
Bin ich deswegen ein Spießer?
Ein knickriger, schimmliger, mieser?
Nein, meine Dame, nein, mein Herr,
bitte sehr!
Daß ich meinen Standpunkt zusammenfasse:
Gewechselt wird vorn an der Kasse!

6. Szene

Duett. Die Frau an der Eintrittskasse und der Taxifahrer.

Frau an der Eintrittskasse:
Jeder Kunde ist ein Mensch, natürlich.
Umgekehrt fällt solche Einsicht schwer.
Diese Kundin sieht in mir, das spür ich,
nur die Kasse und den Mensch nicht mehr.

Taxifahrer:
Ach, er denkt, er könnte mir befehlen,
er, der hinten im Bequemen sitzt ...

Frau an der Eintrittskasse:
Ach, sie meint, ich lebe nur vom Zählen,
ich, die laut Finanzamt nichts besitzt ...

Taxifahrer:
... mir, der ich schon viele tausend Seelen
heimgebracht von Anbeginn bis jetzt.

Frau an der Eintrittskasse:
... denkt, ich würde draußen niemand fehlen,
ich, die drinnen im Bequemen sitzt.
zu Stefanie und Wilfried
Geld gewechselt wird hier nicht.

Chor der Museumsbesucher:
Komisch.
Aber kann man nichts machen.

Stefanie:
Keiner, der uns helfen kann?

Wilfried:
Keiner, der uns helfen will!

Chor der Museumsbesucher:
Die weibliche Hälfte der Kundschaft wird still.

Taxifahrer:
Haben die Dame sich anders besonnen?

Stefanie:
Runden Sie auf, Sie haben gewonnen.

Taxifahrer:
Das ist vernünftig, gnädige Frau.
So, das macht dann dreihundert genau.

Wilfried:
Dreihundert?

Taxifahrer:
Verwundert?

Stefanie:
Ich dachte nur zwei!

Taxifahrer:
Tick-tack, tick-tack, diese Zeit ist vorbei.

Chor der Museumsbesucher:

Die männliche Hälfte wird jetzt laut.
Wird Zeit, daß ihm einer in die Fresse haut!
Schlägereien interessieren mich zwar,
so ganz im allgemeinen jedenfalls.
Man reißt sich am Haar
und krallt sich am Hals,
man scheißt sich nichts,
man scheißt sich nichts,
man läßt den Haß
full house
voll raus
full house
voll raus.

Schön wär's zu sehen, wie die sich den Hintern versohlen,
mich aber zieht's stracks in die Welt der Mongolen.

Der Chor begibt sich ins Museum.

7. Szene

Während der Chor singend verschwindet, geht Wilfried singend auf den Taxifahrer los. Stefanie hält ihn singend zurück.

Terzett

Wilfried:
Will mich der zum Anfall zwingen
hier in deiner Gegenwart,
werd ich ihm ein Ständchen singen,
geb ihm Watschen, knochenhart.

Stefanie:
Wilfried, hinter allen Dingen
liegt ein tiefer Sinn verwahrt.
Manchmal muß man Opfer bringen,
daß der Sinn sich offenbart.

Taxifahrer:
Es gibt Watschen knochenhart,
wenn der Sinn sich offenbart.

Wilfried:
Laß mich, Stefanie, jetzt bin ich,
wie im Leben ich nie war:
zornig, durchgeknallt und spinnig.
Mit der Faust bezahl ich bar.

Taxifahrer:
Was auch immer einer war:
Zahlen müßt ihr alle bar.

Stefanie:
Frage ich direkt: Wer bin ich?
Kommt als Antwort: Wer ich war.
Denn der Sinn ist hintersinnig,
und die Welt ist sonderbar.

Darum fesseln die Mongolen
uns mit ihrer alten Welt.
Wollen dort den Sinn uns holen,
der in unsrer Welt uns fehlt.

Wilfried:
Ach, ich weiß ja: die Mongolen!
Und du weißt: Die ganze Welt,
Stefanie, würd ich dir holen,
wenn die ganze Welt dir fehlt.

Taxifahrer:
Wenn die ganze Welt euch fehlt,
gibt es nichts mehr, was euch quält.

Wilfried:
Mich berührt nicht, was gewesen,
sondern nur das, was da ist.

Stefanie und Wilfried:
Eigentlich sind wir sehr einsam.

Du bist mir das Gegenteil.
Gar nichts haben wir gemeinsam.
Wir sind nur zusammen, weil:

Wir uns lieben, wir uns lieben
wie der Tag das Sonnenlicht.
Weiteres wär übertrieben.
Andre Gründe gibt es nicht.

Du lebst hier, und ich leb drüben.
Liebe ist ein Hindernis,
und die Wahrheit unsrer Liebe
wird uns erst im Tod gewiß.

Stefanie:
Laß uns drum die Fahrt begleichen
mit der Hundertscheine drei'n.
Hoffe doch, der Rest wird reichen
für den Eintritt dort hinein.

Stefanie bezahlt dreihundert.

Taxifahrer:
Glaub es gern, daß ich euch nicht gefalle.
Mich liebt keiner, keiner, ja, ich weiß.

Telephon bei der Taxisäule klingelt.

Taxifahrer:
Trotzdem, trotzdem hole ich sie alle.
Jede Fahrt hat ihren festen Preis.

ins Telephon
Freilich, freilich!
Schon eil ich, eil ich!

Fährt ab.

8. Szene

Nun sind nur noch Stefanie, Wilfried und die Frau an der Eintrittskasse auf der Bühne.
Stefanie will mit zwei Hunderterscheinen zahlen.

Frau an der Eintrittskasse:

Leider fällt die Glückseligkeit
nicht in meine Zuständigkeit.
Denn wenn sie das täte – mitleidlos
legt' ich sie mir in den eigenen Schoß.
Hab alles verstanden, hab alles gehört.
Gleich ist hier einer noch einmal empört.
Der Eintritt macht nämlich hundertfünfzig pro Mann
zusammen dreihundert für den, der rechnen kann.
Mit Ihren zweihundert müssen Sie sich entscheiden:
entweder Sie oder er oder keiner von beiden.

Wilfried will platzen, beherrscht sich aber heroisch und wird ruhig.

Stefanie:

Wilfried ... Wilfried!

Wilfried:

Stefanie!
Geh ohne mich!

Stefanie:

Nein, Wilfried. Nie!

Wilfried:

Würde gern an deiner Seite
durch die alte Welt da gehn.
Leider aber sind wir pleite,
darum muß ich draußen stehn.

Hab genug. Heut schikaniert mich
niemand mehr. Geh du. Ich wart'.
Weltgeschichte int'ressiert dich,
mich berührt nur Gegenwart.

Stefanie:

Wilfried ... Wilfried!

Wilfried:

Stefanie!
Geh ohne mich!

Stefanie:

Nein, Wilfried. Nie!

Stefanie:

Bist mein Ritter, bist mein Retter!
Liebe dich jetzt um so mehr.
Ach, der Abschied ist so traurig,
Händedrücken fällt so schwer!

Wilfried:

Nein, das ist nur ein Versehen.
Schau, du hältst die Börse fest.

Drückst mit Kraft bis zum Vergehen
von dem letzten Geld den Rest.

Stefanie:
gesprochen
Oh!

Wilfried:
gesprochen
Macht nichts.

Stefanie und Wilfried:
Duett
Und nun sind wir nicht mehr einsam.
Ganz und gar das Gegenteil.
Haben ziemlich viel gemeinsam.
Sind getrennt zusammen, weil:

wir uns lieben, wir uns lieben
wie der Tag das Sonnenlicht
Weiteres wär untertrieben.
Stimmt doch oder etwa nicht?

Frau an der Eintrittskasse:
Wollen Sie lieber Ihr Glück genießen
oder die »Welt der Mongolen«? Ich muß nämlich schließen.

Stefanie löst sich von Wilfried, geht winkend in das Museum.
Die Frau an der Eintrittskasse schließt ab.
Geht.

9. Szene

Wilfried allein auf dem Platz.

Wilfried:
gesprochen
Nun steh ich Armer vor dem Tor,
und mir ist's leichter als zuvor.

Arie
Denn auf einmal ist man wichtig,
ohne daß man sich drum reißt;
ist ein Held und das obwohl man
klein ist und nur Wilfried heißt.

Und das macht dich richtig locker,
deine Hände werden warm
und ganz trocken, und auf einmal
hast du so etwas wie Charme.

Warst ein Retter, warst ein Helfer,
hast ein wenig Glück gebracht.
Ja, das baut dich auf, mein Alter,
hätt'st jetzt gern das wettgemacht,

was du vorhin bei dem Taxler
in gerecht entflammter Wut
angerichtet hast, mein Lieber ...
Na, jetzt ist ja alles gut.

Bin ein Ritter, bin ein Retter,

bin ein Helfer, bringe Glück.
Jetzt ist's sechs Uhr, bis um sieben
ist die Stefanie zurück.
Bin ein Ritter, bin ein Retter,
nähm die Welt gern in den Arm.
Ich und Stefanie heut abend!
Bin ein Held und habe Charme!

Der Fremde tritt von der Seite auf.

Fremder:
Psst!

Wilfried:
Ja?

Fremder:
Psssst!

Wilfried:
Wer pstet denn da?

Fremder:
Hab gehört, man sei ein Retter ...
Stimmt das?

Wilfried:
Ja, nun, wie man's nimmt ...

Fremder:
Oh, ich sehe schon, es stimmt.
Hat der Retter Zeit vielleicht?

Ein halbes Stündchen nur, das reicht?
Böse ist es, doch wird es noch böser
ohne Erlöser!

Wilfried:
Erlöser? Das bringt mich in Verlegenheit ...

Nimmt ihn vertraulich am Arm.

Der Fremde:
Sie erlauben, daß ich Sie entführe.
Es ist ja nicht in die Ewigkeit,
sondern nur hinter diese Türe.

Der Fremde weist auf die Werkstatt. Führt Wilfried hin.

Beide ab.

2. Akt

1. Szene

Autowerkstatt innen.
Neonschild:
»Die Welt der Motoren«

In der Mitte hängen zwei schwere Flaschenzüge von der Decke herunter. Sie haben Haken am Ende, wie sie verwendet werden, um Motoren ein- und auszubauen.

Wilfried:
Du, meine Güte, wo bin ich hier!
Was hab ich hier verloren!

Fremder:
Mein lieber Freund, ich begrüße Sie
in der eisernen »Welt der Motoren«.

Wilfried:
Motoren? Motoren? Aber ich bin doch gekommen
um »Die Welt der Mongolen« zu sehn ...
... auf die ich mich schon seit Wochen freue!
Das heißt, es war eigentlich umgekehrt.
Stefanie hat die Mongolen verehrt ...
... das heißt, sie verehrt sie eigentlich
noch immer ... Keine Ahnung, warum ...
Sie beschäftigt sich ... Wie soll ich sagen ...
Die Mongolen bedeuten ihr so viel ...

Fremder:
Ich weiß. Nun ist sie ja am Ziel.

Wilfried:
Am Ziel von was?
Wie meinen Sie das?

Fremder:
Es ist mir vorhin nicht entgangen,
wie Sie mit dem Taxifahrer rangen.
Darf ich sagen, daß ich tief
beeindruckt und erstaunt war ...

Wilfried:
Kann selbst nicht mehr begreifen, warum ich
plötzlich so schlecht gelaunt war.

Fremder:
Am schönsten steht der Zorn dem Mann,
wenn er ihn nicht begründen kann.

Wilfried:
Aber sagen Sie mir, was soll ich hier,
wozu bin ich vonnöten!

Fremder:
Ich bin in großer Verlegenheit ...

Wilfried:
Ich kann weder schweißen noch löten.

Fremder:
Das brauchen Sie nicht, mein Freund, Sie soll'n
sich nur ein wenig verkleiden.
Sie sind, wie Sie sagten, ein Retter und Ritter,
wie's wenige gibt, denn das Leben ist bitter.
Wie gesagt: Ich bin in großer Verlegenheit,
Sie könnten mir helfen zu vermeiden,
daß aus der Verlegenheit ein Problem
entsteht, um nicht zu sagen:
ein Untergang.

Wilfried:
Heißt das etwa ...

Fremder:
Sie haben recht gehört: Es geht mir an den Kragen.

Wilfried:
Sind Sie in Gefahr?

Fremder:
Ich werde sein, ich bin, ich war ...
Arie
Segelschiffe, Leoparden.
Herzensfinstres Afrika.
Unverzollte Milliarden.
Waffen aus den USA.
Kaum hast du das Haupt erhoben,
trifft dich Schuldigen der Fluch.
Und so bist du eingewoben
in ein blutig rotes Tuch.

Weiß nicht, wer den Stein gerollt hat,
der da liegt am Katapult.
Ohne daß man's je gewollt hat,
sinkt man bis zum Hals in Schuld.

Wilfried:
Ja, wenn das so ist ... Und ich soll mich ...
verkleiden?

Fremder:
Ich bitte.

Wilfried:
Als was denn?

Fremder:
Als einfacher Mechaniker.
Die Kleidung liegt hier im Kasten.

Wilfried:
Aber wozu und warum zu zweit?

Fremder:
Wegen geplanter Harmlosigkeit.
Einer allein unverkleidet wird sofort erkannt.
Einer allein, aber verkleidet,
wirkt verkleidet.
Wenn sich jedoch zwei verkleiden,
bilden sie sozusagen einen Stand,
eine Clique, eine Gruppe, eine kleine Welt,
die man für wahr und harmlos hält.

Wilfried:
Aha.

Die beiden beginnen sich umzuziehen. Motorengeräusch dröhnt herauf – soll selbstverständlich musikalisch erzeugt werden.

Fremder:
Beeilung! Schnell! Ich höre Sie schon!

Wilfried:
Wen denn um Gotteswillen?

Fremder:
Die Killer!

Wilfried:
Wen?!?!

Fremder:
Da! Hören Sie nicht?

Wilfried:
Die Killer?

Fremder:
Sie wollen mich killen!

Wilfried:
Das ist doch Fernseh'n, geben Sie's zu!
Wird hier vielleicht gedreht?

Ich hätte schon immer gerne geseh'n,
wie so ein Streifen entsteht.
Und meine Montur? Ich spiel den Monteur?
Okay. Verstehe. Was soll ich sagen?

Fremder:
Es ist nicht Fernseh'n, lieber Freund.
Womöglich werd ich erschlagen.

Arie
Blitze, Sprünge, Schreie, Schnitte,
Ketten, Schleichen, Zielen, Peng.
Kriegst du oder gibst du Tritte,
Kopf im Blut und Herz wird eng.

Ach, das Herz wird still und stiller,
wünscht nur noch das Lebensrecht.
Auf der Stiege steht der Killer,
um das Leben steht es schlecht.

Das Autogeräusch schwillt bedrohlich an und deckt wie ein Donnergrollen alles ein.
Wilfried wächst.

Wilfried:
Das woll'n wir erst sehn! Knöpfen Sie mir
schnell hinten den Overall zu!

Der Fremde tut es.
Plötzlich hält er Wilfrieds linke Hand ganz fest, führt sie an die Lippen und küßt sie.

Fremder:
Gunther!

Wilfried:
Was?

Fremder:
Mein Name.

Wilfried:
Ach so.

Wilfried hält ihm die rechte Hand hin.

Wilfried:
Wilfried!

Fremder:
Bitte?

Wilfried:
Der meine.

Fremder:
Oh!

Großer Handschlag. Große Männerumarmung.

Fremder:
Arie
Wenn die Freunde nach dir fragen,
dann verbirg dein Angesicht.

Mußt dein Leid zu Fremden tragen,
denn der Fremde fragt dich nicht.

Hab nun jahrelang vergebens
mich gesehnt nach Innigkeit.
Nun am Ende meines Lebens
hab ich einen, der verzeiht.

Einen, der verzeiht, obgleich er
gar nicht weiß, was ich getan.

Wilfried:
Glauben macht den Menschen reicher,
Treue ist kein leerer Wahn.
Hab deshalb sofort, noch ehe
er sich mir geoffenbart,
ganz egal, was auch geschehe,
mit Bereitschaft nicht gespart.

Denn das edle Opferbringen –
hab ich vorher nicht gewußt –
bringt die Seele dir zum Klingen,
macht auf einmal richtig Lust.

Und so will ich gerne schwören,
daß ich dir in deiner Not,
ungefilmt von Regisseuren,
folgen werde in den Tod.

Fremder:
Wilfried!

Wilfried:
Gunther!

Duett und nochmalige Umarmung.
Dröhnen der Motoren.

Fremder und Wilfried:
Auf der Stiege steht der Killer,
um das Leben steht es flau.
Komm doch, Killer! Steh nicht, Killer!
Opfer, Tod und Teufel will er,
unbarmherzig, grausam, schlau.

2. Szene

Von rechts und von links kommen zwei schwere amerikanische Autos hereingefahren. Die Auspuffe rauchen. In jedem Wagen sitzen vier Killer, tragen Sonnenbrillen. Sich aus den Fenstern lehnend singen sie.

Chor der Killer:
Wir vertreten einen gewissen Konzern
und suchen einen gewissen Herrn.

Wilfried und der Fremde stülpen sich schnell Schweißbrillen über.

Wilfried:
Den gibt's hier nicht!

Fremder:
zu Wilfried
Sei leise!
zum Chor der Killer
Wir wissen gar nichts – tut uns leid –
von dieser Angelegenheit!

Die Killer steigen aus ihren Wagen. Sie stellen sich gleich in eine gefährliche Positur.

Chor der Killer:
Bedauerlicherweise.
Wir haben nämlich eine gewisse Art,
die uns eine Menge Zeit erspart.

Das gibt halt blaue Flecken.
Jedoch bei starkem Widerstand
– das ist für euch durchaus interessant –
kann man daran auch verrecken.

Wilfried:
Meine Herrn, Sie verschwenden an uns Ihre Zeit!
Wir sind a) zu zweit
und b) im selben Kleid
und somit die völlige Harmlosigkeit!

Fremder:
Mechaniker sind wir, winzig kleine!

Chor der Killer:
Wir dagegen sind ganz große Schweine!
Und wer uns reinlegt, wird unfrankiert
durch den nächsten Kanaldeckel passiert!

Sie nehmen den Fremden und Wilfried in die Zange, treiben sie vor sich her über die Bühne. Die beiden weichen vor ihnen zurück.

Fremder:
Wir sind das Moped, ihr seid der Bolide!

Wilfried:
Wir der Haufe, ihr die Pyramide!

Fremder:
Wir sind das Loch ...

Wilfried:
... ihr seid der Rand!

Fremder:
Wir der Imbiß ...

Wilfried:
... ihr das Restaurant.

Während der Chor singt, holen seine Mitglieder Waffen aus den Autos und reichen sie sich zu. Schußwaffen, Schlagwaffen, Stechwaffen, Würgwaffen ... schließlich ist ein ansehnliches Waffenlager auf der Bühne.

Chor der Killer:
Aber klar, ist doch klar, aber klar,
wir sind schon so ziemlich saumäßig.
Wir führen, wenn's sein muß, den Höllenhund
durch Finsternis zurück in sein Feuer.
  Folgender Trost:
  Das Ewige Licht kann
  von niemand und nichts ergriffen werden.
  Daraus ergibt sich irgendwie,
  warum der Teufel den Lieben Gott
  nicht zu sehen kriegt.

Aber klar, ist doch klar, aber klar,
wir sind schon so ziemlich saumäßig.
Wir treten, wenn's sein muß, den Michael
stiefelmäßig auf Befehl aus dem Himmel.

Folgender Trost:
Das Ewige Licht kann
von niemand und nichts ergriffen werden.
Daraus ergibt sich irgendwie,
warum der Teufel den Lieben Gott
nicht zu sehen kriegt.

Fremder:
Wir sind die Mücke, ihr seid die Hornisse!

Der Chor der Killer schnappt den Fremden.

Chor der Killer:
Angenommen, du wärst der Gewisse!

Fremder:
Ich doch nicht!

Chor der Killer:
Wer weiß, wer weiß!

Fremder:
Das könnt ihr nicht beweisen! Nein!

Chor der Killer:
Und wenn wir's behaupten ohne Beweis?
Stell dir vor, so ungerecht können wir sein!

Wilfried springt behend zu den Autos der Killer, öffnet die Kühlerhauben der beiden Wagen, fängt zu arbeiten an.
Der Chor der Killer ist baff.
Der Fremde macht sich los und hilft Wilfried.

Wilfried:
zum Chor der Killer
Wir werden Ihnen ...
zum Fremden
Stimmt's?

Fremder:
Es stimmt.

Wilfried:
zum Chor der Killer
... gerne dienen.
zum Fremden
Stimmt's?

Fremder:
Es stimmt.

Wilfried:
zum Chor der Killer
Keine Klagen ...

zum Fremden
Stimmt's?

Fremder:
Es stimmt.

Wilfried:
zum Chor der Killer
... über den Wagen ...

zum Fremden
Stimmt's?

Fremder:
Es stimmt.

Wilfried:
zum Chor der Killer
... wollen wir hören!
Denn wir verehren
die Perfektion!
zu dem Fremden
Oder etwa nicht?

Fremder:
Doch, doch stimmt schon!

Wilfried holt Werkzeug, wirft dem Fremden das Werkzeug zu. Bald liegt auf der Bühne eine ansehnliche Werkzeugsammlung. Gemeinsam arbeiten Wilfried und der Fremde an den Wagen. Sie lenken damit die Killer ab.

Wilfried:
Gibst du mir grad bitte den Siebzehner her?
So, danke, und jetzt mit aller Kraft!

Fremder:
Ich glaube nicht, daß du's händisch schaffst!
Da ist alles voll Öl, das schmiert so sehr ...

Allmählich haben sich die Killer wieder gefaßt.

Chor der Killer:
He, ihr beiden, es geht um euer Leben!

Wilfried:
Könnten Sie uns bitte den Fetzen dort drüben geben?

Der Chor der Killer wirft ihnen einen Fetzen zu.

Wilfried:
Merci!

Fremder:
Thanks!

Chor der Killer:
Was soll denn das!

Wilfried:
Der Motor ...

Fremder:
... der Motor ...

Wilfried:
... ist ölig und naß.

Fremder:
... ist ölig und naß.

Chor der Killer:
Ölig und naß?

Wilfried und der Fremde befestigen den Haken des ersten Kranes am Motor des ersten Autos.

Wilfried und Fremder:

Duett

Der Fachmann sagt, der Motor blutet.
Ihr habt ihm zuviel zugemutet.
Und wird er öliger und nässer,
dann sagt der Fachmann: Kolbenfresser.

Chor der Killer:

Ihr Blödmänner, he, was macht ihr denn da!
Das sind teure Wagen aus den USA!
Die kleinste Schramme, und wir werden hundsgemein
und pressen euch aus und füllen euch ein!

Wilfried und der Fremde befestigen den Haken des zweiten Kranes am Motor des zweiten Autos.
Sie ziehen nun die beiden tropfenden Motoren aus den Autos.
Dies ist ein großer Augenblick.

Chor der Killer:

Kanon

Sie reißen brutal
die Herzen aus Stahl
den eisernen Drachen
aus den Rachen!
Wehe, ihr kriegt das nicht mehr zusammen
ohne einen einzigen Schrammen,
ohne einen einzigen Kratzer im Lack,
dann ist er ab, dann ist er ab,

dann ist er ab euer Sack!
Nicht zu sagen!
Die schönen Wagen!

Während der Chor der Killer auf die beiden triefenden Motoren starrt und singt, zieht der Fremde Wilfried beiseite. Sie blicken aus dem Fenster hinaus zum Platz.

Fremder:
Dacht, es sei aus.
Da, schau hinaus!
Das Taxi ist zurück.
Könnt sein, ich hab Glück.
Wenn er fährt wie ein Henker, könnt ich es schaffen.
Lenk sie mir ab, die blöden Affen!

Der Fremde und Wilfried umarmen sich.

Fremder:
Wilfried!

Wilfried:
Gunther!

Fremder:
Ich hoff', ich hab Sau.

Wilfried:
Ciao!

Der Fremde läuft davon.

3. Szene

Wilfried wendet sich an den Chor der Killer. Sein Rezitativ wird immer schneller.

Wilfried:
Es dauert ganz sicher nur noch wenige Sekunden,
dann haben wir ganz sicher den Fehler gefunden,
ganz sicher, da bin ich sicher, ist's kein gravierender Schaden,
ich verlaß mich da ganz auf den Instinkt meines
Kameraden ...

Wilfried wird durch den Chor der Killer unterbrochen.

Chor der Killer:
He, he, he, he, he, he, he,
wo ist denn der andere!

Wilfried:
... der übrigens ganz genau in eben diesem Augenblick
sich hinten im Lager aufhält, um dort genau eben jenes Stück
zu suchen, das ganz genau in die jetzt leere Lücke paßt,
denn das bisherige Stück paßte nämlich nur fast...

Chor der Killer:
He, he, he, he, he, he, he,
wo ist denn der andere!

Wilfried:
... eben nur fast, wie gesagt, was eigentlich eine Katastrophe
ist,

ich weiß nicht, inwieweit ihr über Motoren Bescheid wißt,
aber wenn so ein Stück nicht paßt oder gar fehlt –
ich hab da letzthin etwas gelesen, das hätt ich euch gern
erzählt ...

Der Chor der Killer unterbricht gewaltsam und grausam seinen Redestrom.

Chor der Killer:
Mach deinen Diener und sag ade,
wir hau'n dir jetzt nämlich eins aufs Toupet.

Sie schlagen Wilfried nieder und laufen schießend dem Fremden nach.
Dunkel.

4. Szene

Wilfried liegt bewußtlos am Boden.
Düster. Traumlicht:
Zwischen den offenen Motorhauben der beiden Autos schwebt eine weibliche Gestalt von oben herab – die Seele.
Wunderbar singt sie, Sopran.

Seele:
Alles Leben ist Entzücken,
aller Tod ist Kümmernis.
Kein Hosianna von den Brücken
über's letzte Hindernis

Und wenn dann der Todesfächer
unser letztes Licht verbläst,
mischt der Knochenschüttelbecher
Schwarz und Weiß, und du vergehst.

Jung und Alt und Frau und Mann
fliegen durcheinander dann,
bis der große Unsympath
seine Wahl getroffen hat.

Die Seele schaut zu Wilfried nieder, versucht mit dem Fuß nach ihm zu treten, trifft ihn schließlich am Kopf.

Seele:
nun ohne Pathos
He, Wilfried, wach auf! Dieser Schlag auf die Rübe

macht dir vielleicht die Sinne trübe,
abkratzen aber mußt du nicht.

Wilfried schaut zu ihr auf, ist noch verwirrt, hält sich den Kopf.

Wilfried:
Wer bist du?

Seele:
Sozusagen dein inneres Licht.

Wilfried:
Mein inneres Licht?

Seele:
Ja, deine Seele!
Der Tod läßt ausrichten, die parallele
Handlung drüben im Haus gegenüber
sei auftragsmäßig so ein Riesenkaliber,
mit einem Taxi allein sei da nichts getan
und für Kleinigkeiten von deinem Format
sei ihm augenblicklich seine Hand zu schad.

Wilfried:
Sag, wen rührt seine Knochenhand an?

Seele:
Unter uns gesagt, er kommt alle holen
von drüben aus der Welt der Mongolen.

Wilfried springt auf.

Wilfried:
Alle? Mein Gott, Stefanie!
Ich muß sie retten, denn ich liebe sie!

Wilfried will weglaufen, die Seele kann ihn gerade noch am Hemdzipfel halten.

Seele:
Bleib, du schadest ja nicht nur dir,
ein Stückchen Wilfried gehört auch mir!

Wilfried kann sich losreißen, er läuft hinaus.

Seele:
Läßt einen hängen mitten im Wort!
Fort ist er, fort!
Und mir bleibt nichts übrig als hinterher,
denn ohne ihn bin ich nicht mehr.

Die Seele macht sich von der Schnur ab, an der sie hängt.

Seele:
Ach, wir Seelen sind nur Schatten.
Keine Spur von inn'rem Licht!
Seele ohne Bauch und Beine
ist ein Luftballon, mehr nicht.

Ab.

Pause.

3. Akt

1. Szene

Saal im Museum. Der Saal ist noch leer. Ein wunderbares Buffet ist hergerichtet. Im Hintergrund stehen einige Ausstellungsexponate – Särge, Sarkophage, riesige Urnen … An der linken Seite sehen wir – nun von innen – die Frau in ihrem verglasten Häuschen an der Eintrittskasse sitzen. Die Tür zum Museum ist geschlossen.

Frau an der Eintrittskasse:
Wozu bin ich angestellt?
Wozu bin ich auf der Welt,
dieser Kollektion von Tränen?
Um mich krumm und alt zu gähnen?
Tritt die Welt auf meine Träume,
grad als wären's Pflastersteine.
Warum bin ich auf der Welt?
Warum bin ich angestellt?
Angestellt bin ich auf Erden,
um einst Pensionist zu werden.
Auf der Welt bin ich letztlich
um geküßt zu werden.
Ich kann es nicht glauben,
daß mich niemand mag.
Gott sei Dank, ist heut der letzte Tag!
Ach, wenn mir das Schicksal nur einen zeigte,
der sich über mich und mein Leben neigte!

2. Szene

Es wird an die Tür des Glashäuschens geklopft.

Der Taxifahrer tritt in das Häuschen zur Frau an der Eintrittskasse. Wie ein Held tritt er auf – heroisches Liebesthema ...

Frau an der Eintrittskasse:
verlegen, nestelt an ihrem Haar
Sie sind es! Oh!
Da träumt man so ...
O ja, ich erkenn Sie ...
Ich erkenn Sie, auch wenn Sie
heute morgen fröhlicher gekleidet waren ...

Taxifahrer:
Am Abend sollte man mit Farben sparen.
Man nähert sich dem Schwarzen, langsam, aber stetig.

Nun tritt von hinten der Fremde neben den Taxifahrer – düsteres Thema.

Fremder:
Und jetzt wollen wir ins Museum, es ist dringend nötig.

Frau an der Eintrittskasse:
Und ich dachte glatt, es kommt einer wegen mir!

Taxifahrer:
Bitte, meine Dame!

Fremder:
Öffnen Sie die Tür!

Die Frau an der Eintrittskasse wendet sich gekränkt vom Taxifahrer ab.

Frau an der Eintrittskasse:
kitschig
Ist das alles, was Sie mir zu sagen haben?
Was riß in so kurzer Zeit diesen Graben
zwischen uns auf. Ich hoffte so sehr,
Sie kämen allein und nur meinetwegen her ...

Sie drängt sich nahe an den Taxifahrer heran. Kurz hält er sie fest, dann stößt er sie weg.

Taxifahrer:
trocken
Ich vermute, ich habe Ihnen gefallen.

Der Fremde drängt sich zwischen die Frau und den Taxifahrer.

Fremder:
Im Taglicht der Jugend gefällt er allen.

Frau an der Eintrittskasse:
zum Fremden
Was mischen Sie sich zwischen uns ein!

Taxifahrer:
Schluß mit dem Schmus, lassen Sie uns hinein!

Frau an der Eintrittskasse:

stur, kalt

O nein, meine Herren,
nämlich gleich, meine Herren,
wird der hunderttausendste Besucher geehrt.
Darum, meine Herren,
ist jedem weiteren Besucher der Eintritt verwehrt.
Bei vergleichbaren Anlässen nämlich, meine Herrn,
sind Streitereien vorgekommen,
und das haben sich die Herrn
Kulturreferenten zu Herzen genommen.
Nicht immer ist es Idiotie, was das Amt der Stadt beschließt,
auch wenn der Entschluß nicht die Sympathie des einfachen Volkes genießt.
Und darum, meine Herren,
hat man beschlossen –
damit sich keiner unter die Gäste schleicht,
und womöglich das feine Buffet nicht reicht –
die Tür bleibt verschlossen.

Fremder:

zum Taxifahrer

Die Zeit wird knapp!

Taxifahrer:

Murks sie ab!

Der Fremde legt seine Hände der Frau an der Eintrittkasse um den Hals.

Frau an der Eintrittskasse:

Schwanengesang

Ach, wenn mir das Schicksal einen zeigte,
der sich über mich und mein Leben neigte ...

Fremder:

Leider muß geschehn, was geschehen muß,
manchmal geht es freilich besser mit einem Kuß.

Er küßt sie.

Frau an der Eintrittskasse:

glücklich verhauchend

Warum war ich auf der Welt,
warum war ich angestellt?
Angestellt war ich jedenfalls,
um Pensionist zu werden.
Auf der Welt aber war ich nur,
letztlich um geküßt zu werden.

Der Fremde erwürgt sie.

Taxifahrer:

gesprochen

Setz sie hin, wie sie sich immer setzte,
etwas schief in den Schultern, wir holen sie dann als letzte.

Der Fremde setzt die tote Frau auf ihren Stuhl, richtet sie her, damit sie nicht herunterfällt.
Währenddessen nimmt der Taxifahrer die Schlüssel und sperrt auf. Der Taxifahrer sieht, daß der Fremde mit der toten Frau Faxen macht.

Taxifahrer:
gesprochen
Spar dir deine finstren Blödeleien
für deine Drehbuchschreiber auf,
Idioten, die so tun, als seien
ihre Lebensstunden frei zum Verkauf.

Fremder:
gesprochen
Ach, du trockener Kumpan!
Auf die Variationen kommt es an!

Fremder und Taxifahrer betreten den Saal.

3. Szene

Sie schauen sich um.

Fremder:
Das soll die Welt der Mongolen sein?

Taxifahrer:
Ist von den Dingen beeindruckt.
Hier, ein ehrwürdiger Totenschrein ...
Mächtig klopft er ans Himmelstor ...

Fremder:
Mir kommt der eher ägyptisch vor ...

Taxifahrer:
Hier also soll das Gefecht stattfinden
zwischen den Himmlischen Heerscharen und dem Erfinder der Sünden.

Fremder:
Er meint: zwischen mir und den himmlischen Flegeln.

Taxifahrer:
Ein grausames Spiel und ganz ohne Regeln.

Fremder:
Eine dreckige, metaphysische Schau
mit Heil und Verdammnis und viel Radau.

Der Fremde brüllt teuflisch. Der Taxifahrer stülpt sich die Kapuze über, greift sich von irgendwoher die Sense.

Taxifahrer:
Wozu der Tod sein Antlitz verhüllt.

Fremder:
Der Höllische hat schon immer gebrüllt.

Taxifahrer:
Die Himmlischen waren bisweilen stiller.

Fremder:
Heut sind sie fundamentalistische Killer.

Taxifahrer:
Denn seit der Schiedsrichter Mittagsschlaf hält …

Fremder:
Er meint damit den Schöpfer der Welt.

Taxifahrer:
… streiten das Gute und das Böse
ohne Hoffnung auf Synthese.

Fremder:
Wer gewinnt, ist einerlei
bei der großen Schlachterei.

Taxifahrer:
Wehe denen, die dazwischengeraten!

Fremder:
… denen wird freilich der Arsch gebraten!

Taxifahrer:
Denn es treiben die Mächte von Himmel und Hölle
ihr sportliches Spiel auf irdischer Stelle.

Fremder:
Ja, es treffen sich, wie ausgemacht,
Gut und Böse zur Prinzipienschlacht.
Sozusagen auf menschlichem Rasen.
Und die Menschen dazwischen fallen wie Hasen.

Taxifahrer:
Und ich werd wie immer den Abtransport organisieren.

Der Taxifahrer bemerkt, daß der Fremde vom Buffet ißt.

Taxifahrer:
Ich bitte doch um einen Rest von Manieren!
Nimm deine Finger von dieser Speise,
sie ist die letzten Zehrung vor einer langen Reise!

Fremder:
Der Weg der Verdauung ist weit,
und dafür fehlt unseren Gästen die Zeit.

Taxifahrer:
Wenn der Teufel erst poetisch wird ...

Fremder:
... dann ist der Karren bereits angeschirrt!

Taxifahrer:
In unserem Fall muß ein Taxi genügen!

Fremder:
Er tut's aus Pflicht, ich zum Vergnügen.

Duett – Taxifahrer, Fremder

Taxifahrer und Fremder:
Niemandem ist letztes Heil versprochen,
nirgendwo ist Grund zur Zuversicht.
Eine Garantie auf seine Knochen
hat das Menschenkind nun einmal nicht.

Das, was eure Knochen überdauert,
ist so wenig und so dünn wie Luft.
Habt es ins Museum eingemauert
wie in eine tiefe, miefe Gruft.

Dort im Engen hausen die Mongolen,
schauen zu, wie wir die Enkel holen,
die im Zweifel zwischen Gut und Böse
fallen.

Taxifahrer:
Der Tod ist die Synthese.

Sie hören etwas. Schnell verstecken sie sich hinter den Ausstellungsstücken.

4. Szene

Das Referententrio tritt auf. Sie zünden sich sofort Zigaretten an.

Erster vom Trio:
Ich als Referent:
Die Arbeit ist der Lieblingsgegenstand der Welt.
Sagen wir:

Zweiter vom Trio:
Ich als Referent:
Ein Blick in die Hölle gibt den letzten Schliff.
Punktero zwei.

Dritter vom Trio:
Ich als Referent.

Erster vom Trio:
Ich als Referent:
Und Lob dem, der dann angeschnallt ist!
Wenn Sie Fragen haben?

Zweiter vom Trio:
Darf man rauchen?

Erster vom Trio:
Scheißrauchen!

Zweiter vom Trio:
Ich sollte mir das Geld lieber sparen für den Großen Brockhaus.

Dritter vom Trio:
Ich bin jetzt wieder auf Filter umgestiegen.

Erster vom Trio:
Ich hab früher gedreht.

Zweiter vom Trio:
Man raucht halt gern.

Dritter vom Trio:
Man kann nur hoffen.

Referententrio:
Mit wenig Nikotin und wenig Rauchinhaltsstoffen.

Der Chor der Besucher drängt in die Halle. Schnell drücken die Referenten ihre Zigaretten aus.

5. Szene

Der Chor der Besucher drängt sich gleich zum Buffet. Stefanie bleibt abseits stehen.

Chor der Museumsbesucher:
schlecht gelaunt
Also wirklich!
Muß man das wirklich gesehen haben?
Da haben Fachleute halb Asien umgegraben,
und das steht jetzt da herum. Na und?
Das meiste schwarz-weiß, das wenigste bunt.

Erster vom Trio:
Schau sie dir an!
Und von denen einer soll das Präsent kriegen?

Zweiter vom Trio:
Das saubere Präsent
vom Kulturreferent?

Dritter vom Trio:
Spendiert für den hunderttausendsten Besucher?

Chor der Museumsbesucher:
Das soll die Welt der Mongolen sein?
Mir kommt das eher ägyptisch vor!

Referantentrio:
Schad drum wär's!

Chor der Museumsbesucher:
Man hätte sich das alles in Ruhe zu Haus
anschauen können. Sie bringen ja eh einen Katalog heraus.

Erster vom Trio:
Komm, Heinz, wir schummeln!

Zweiter vom Trio:
Claro, Kurti.

Das Referententrio steckt die Köpfe zusammen.

Chor der Museumsbesucher:
Der Preis für die Eintrittskarte wird
beim Kauf des Katalogs abgezogen.
Ich hoffe, wenigstens das ist nicht gelogen!
Gratis dazu ein Poster, hat es geheißen,
so ein ominöses Bild, das zeigt,
wie sich Dschingis Khan über den Hals seiner Liebsten
neigt.
Na, ich weiß nicht ...
Na, ich weiß nicht ...

Dritter vom Trio:
Wir haben eine Idee, eine ziemlich freche!

Referententrio:
Wir losen einfach nicht aus!
Wir bestimmen ganz undemokratisch und ganz von uns aus,
wer das Präsent kriegt:
nämlich jemand, dem etwas an unseren Mongolen liegt.

Sie schauen sich um, ihr Blick fällt auf Stefanie.

Erster vom Trio:
Was meinst du, Heinz?

Zweiter vom Trio:
Claro, Kurti!

Das Referententrio begibt sich in die Mitte des Raumes,
sie klopfen an die Gläser, damit Ruhe entsteht.

Referententrio:
Achtung, Damen und Herren,
Freunde der alten Kultur,
wir drei vom Kulturreferat
schicken uns an, die Überraschung,
welche das Amt uns'rer Stadt
für den letzten Tag der Welt der Mongolen
gesponsert von sieben verschiedenen Firmen ...

Chor der Museumsbesucher:
Eine Überraschung? Das hört man gern,
auch wenn sich seit Tagen schon intern
herumgesprochen hat, daß der hunderttausendste Kunde
justament in der letzten Stunde
der Welt der Mongolen das Päckchen kriegt,
das jetzt vor den Kulturreferenten liegt.
Jetzt kann's nicht mehr schaden, wenn ich die Wahrheit sag:
Der wahre Grund, warum ich ausgerechnet am letzten Tag
in der letzten Stunde hierherkomme in die Welt der
Mongolen
ist: Ich würde mir gern das Präsent abholen.

Refrent-entrio:

Der glückliche Gewinner ist:

Zweiter vom Trio:

Kurti, sag's du!

Erster im Trio:

In der Welt der Mongolen, der Mörder und Schergen,
kann auch der Laie einen Lichtschein sehn …
Das sind Sie, meine Dame, die Sie dort hinten stehn
zwischen den Urnen und den Särgen der alten Mongolen.
Sie wurden dem Kulturreferat empfohlen.

Stefanie:

Meinen Sie mich?

Referententrio:

Pathos
Wir meinen Sie!
Sie sind die Auserwählte!
Gesponsert von sieben Firmen
befindet sich in diesem Päckchen
ein wertvolles Stück aus der Welt der Mongolen,
eine Art Kochgeschirr,
glauben wir.

Stefanie:

Und ich, ich soll die Glückliche sein?

Chor der Museumsbesucher:

Das ist ungerecht! Nein!
Das ist ungerecht! Nein!

6. Szene

Plötzlich springt der Fremde hinter einem Ausstellungstück hervor.

Fremder:

Aber klar, ist doch klar, aber klar,
das ist schon so ziemlich saumäßig!
zeigt auf das Referententrio
Die hauen, wenn's sein muß, die glatte Mehrheit
unbarmherzig in die Pfanne!

Chor der Museumsbesucher:

Wer ist das, der so selbstlos unsre Partei ergreift?
Unbesehen stehen wir auf seiner Seite!
Wir wollen, daß du unser Beschützer bist,
egal, wie du heißt,
was man sagt, daß du seist,
egal, wie dein Ruf und dein Ansehen ist,
wir wollen, daß du unser Beschützer bist.

Mit Getöse bricht der Chor der Killer ins Museum ein.

7. Szene

Der Chor der Killer steht da, die Maschinenpistolen im Anschlag.

Chor der Killer:
Wahrlich, einen guten Beschützer habt ihr da!
Sie erschießen einen.
Hat er den beschützt?
Sie erschießen einen anderen.
Oder den da? Ja?

Schießen und Sterben.

Chor der Killer:
Erst hat er sich hinter diesem Trottel versteckt,
damit ihn die Himmlische Heerschar nicht entdeckt,
und jetzt meint er wohl, wenn er zwischen sich
und uns wie einen Gedankenstrich
die Masse schiebt, dann kommt er aus!

Referententrio:
Halt! Das ist ein denkmalgeschütztes Haus!

Die Killer mähen mit ihren Maschinenpistolen das Referententrio hin.
Masse in Panik.

Chor der Museumsbesucher:
Etwas Furchtbares geschieht mit uns!
Meine Güte! Um Himmelswillen!

Schießen – der Fremde weicht aus.

Fremder:
Ich, der Böse, ihr, die Guten,
dazwischen die Leute, die verbluten.

Stefanie wankt, der Taxifahrer fängt sie gerade noch auf.

Stefanie:
Wilfried, Wilfried, ohne dich,
sterbe ich, sterbe ich.

Chor der Museumsbesucher:
Man kann nur hoffen,
sie ist getroffen.
Vielleicht lassen uns dann die Guten,
und wir müssen gar nicht verbluten.

Stefanie sinkt in die Arme des Taxifahrers. Der bettet sie auf eine der antiken Liegen.

Taxifahrer:
Nein, die Dame hat das Privileg:
Der Kampf tobt über sie hinweg.
Während ihr tot geht, schläft sie in Ruh.
Es ist nicht gerecht, das geb ich zu.

Chor der Museumsbesucher:
Etwas Furchtbares geschieht mit uns!
Du meine Güte! Um Himmelswillen!

Chor der Killer:
Jetzt ist Matthäi am letzten!
Jetzt geht's über den Jordan!

Jetzt geht's hinab zum scharfen Lauch!
Jetzt wird abgekratzt!
Gebt den Löffel ab,
jetzt fällt der Schatten übers Licht,
jetzt geht's hinab zum scharfen Lauch!

Chor der Museumsbesucher:
Ach, gräßliches Unrecht geschieht mit uns!

Chor der Killer:
Jetzt schließt sich die Kehle,
das Häuchlein Seele
dieser schlaffe Luftballon
hebt ab und seufzt und fliegt davon,
das Seelenluftballönchen platzt!
Freunde, jetzt wird abgekratzt!

In einem furiosen Schießen werden die Museumsbesucher abgeknallt. Als alle am Boden liegen:

Fremder:
Schönes Spiel.
zum Taxifahrer
Arbeit viel.
Ich hoff, ich hab Sau!
Ciao!

Chor der Killer:
Fliehen will er!
Fliehen will er!

Der Fremde springt aus dem Fenster, der Chor der Killer verfolgt ihn.

8. Szene

Der Taxifahrer steht nun allein inmitten der Toten.

Taxifahrer:
Das Ende ist offen und mysteriös
im Wettbewerb zwischen Gut und Bös.
Wenn die Seele sich entleibt,
schaff ich weg, was übrig bleibt.

Er geht zu Stefanie, schaut sie an.
Dann nimmt er nach und nach die Toten bei der Hand.

Während er spricht, erheben sie sich und stellen sich auf.

Taxifahrer:
Einzel- oder Gruppenfahrten biet' ich,
Massen transportier' ich nach Begehr –
sei's privatim oder sei's politisch –
mir ist's gleich wohin und gleich woher.

Der Chor der Museumsbesucher geht ab, hinter dem Taxifahrer her.
Der Abgang wird immer fröhlicher.

Chor der Museumsbesucher:
fröhliche Musik
Etwas Furchtbares geschieht mit uns!
Meine Güte! Um Himmelswillen!
Etwas Furchtbares geschieht mit uns!
Meine Güte! Um Himmelswillen!

Taxifahrer:

Fraglich, ob ich Bringer oder Holer,
ob ich Nehmer oder Geber bin.
Mancher, den ich hole, ruft, obwohl er
nie mehr wiederkehrt: »Egal wohin!«

Chor der Museumsbesucher:

Etwas Furchtbares geschieht mit uns!
Meine Güte! Um Himmelswillen!
Etwas Furchtbares geschieht mit uns!
Meine Güte! Um Himmelswillen!

Taxifahrer:

And'rer meint, ich hole, um zu bringen,
meint, mein Tun sei macht- und andachtsvoll.
Solcher wünscht, daß ich auf Engelsschwingen
schwarz und ernst ihn heimwärts bringen soll.

Chor der Museumsbesucher:

Etwas Furchtbares geschieht mit uns!
Meine Güte! Um Himmelswillen!
Etwas Furchtbares geschieht mit uns!
Meine Güte! Um Himmelswillen!

Taxifahrer:

Alle wissen weder Tag noch Stunde.
Pünktlich steht der Wagen vor dem Haus.
Im Prinzip ist jeder Mensch mein Kunde.
Grundsatzmäßig schließ ich keinen aus.

Chor der Museumsbesucher:

Du meine Güte! Um Himmelswillen!

9. Szene

Stille, düstere Szene. Erinnert an die Seelenszene im vorigen Akt.
Von oben senkt sich die Seele auf die liegende Stefanie nieder.
Dasselbe Bild wie in der Welt der Motoren.

Seele:
Alles Leben ist Entzücken,
aller Tod ist Kümmernis.
Kein Hosianna von den Brücken
übers letzte Hindernis.

Und wenn dann der Todesfächer
unser letztes Licht verbläst,
mischt der Knochenschüttelbecher
Schwarz und Weiß, und du vergehst.

Jung und Alt und Frau und Mann
fliegen durcheinander dann,
bis der große Unsympath
seine Wahl getroffen hat.

Stefanie rührt sich nicht.

Seele:
He, Stefanie, wach auf, sie sind weg.
Du bist nicht tot, es war nur der Schreck.

Stefanie:
Wer bist du?

Seele:
Sozusagen dein inneres Licht.

Stefanie:
Mein inneres Licht?

Seele:
Ja, deine Seele!
Der Tod läßt ausrichten, die parallele
Handlung drüben in der Welt der Motoren
hat deinen Wilfried ungeschoren
gelassen, so wie die Handlung hier
in der Welt der Mongolen als einzige dir
nichts anhaben konnte. Hast du kapiert?
Himmel, die Welten sind kompliziert!
Gut und Böse in ewiger Schlacht
haben mich völlig irre gemacht.
Ich als deine Seele sogar
muß sagen, ich steh da ganz und gar
daneben. Ich kapier's einfach nicht!
Ich kapier's einfach nicht!
Hier herrscht nur Dunkel. Ich brauch mehr Licht.

10. Szene

Der Fremde steht auf einmal da, schleicht um Stefanie und die Seele herum.

Fremder:

Leib und Seele in Not – hab ich recht?
Ich suche Rekruten fürs letzte Gefecht.
zu Stefanie
Wie wär's, meine Dame?
zur Seele
Wie wär's, kleine Taube?
Nach tausend Jahren Dienst erlaube
ich eine Sekunde Urlaub von der Front
und ein Streifchen Licht am Horizont.
Dafür dürft ihr ewig im Duo bleiben.
Sagt einfach nur ja, ihr braucht nichts unterschreiben.
Bei mir geht's einfach und einfach nur so,
die Bürokratie erledigt mein Büro.

Stefanie:

zur Seele
Was hältst du davon?
So schlecht ist das nicht.

Seele:

Am Horizont ein Streifchen Licht?

Fremder:

Eine Sekunde nach tausend Jahr.
Dafür bleibt ihr ewige Zeiten zusammen.

Stefanie:
Das ist doch nicht schlecht.

Seele:
In Höllenflammen?

Fremder:
Bitt Sie, mein Täubchen, das ist Religion.
Aber zugegeben, heiß ist es schon.
Dafür darfst du immer bei ihr sein.

Seele:
Schön wär's schon. Aber ich glaub, ich sag nein.
Ich wünsch mir nämlich die andere Richtung,
hinauf, hinauf in die ewige Lichtung.

Fremder:
Ums Ewige Licht seid ihr betrogen.
Dort oben ist man ausgezogen.
zu Stefanie
Übrigens, ich heiße Gunther.
Das deshalb, weil mit mir geht man unter.

Stefanie:
Grüß Gott, ich heiße Stefanie.

Fremder:
Ich soll Sie schön grüßen.

Stefanie:
Mich?

Fremder:

Ja, Sie.

Stefanie:

Von wem denn, bitte?

Fremder:

Wilfried heißt er.
Er ist bereits einer meiner Geister.

Stefanie:

entsetzt
Wilfried, mein Liebster, ein Höllenknecht?

Von nun an verschränktes Trio.

Seele:

Glaub ihm nicht.
Das Ewige Licht ...

Fremder:

Er ist bereits unten in der Hölle.

Seele:

... kann von niemand und nichts ergriffen werden.

Stefanie:

Das heißt, ich bin allein auf Erden?

Seele:

Daraus ergibt sich irgendwie ...

Fremder:
Ich führe dich zu ihm, Stefanie.

Seele:
... warum der Teufel den Lieben Gott ...

Stefanie:
Hat er nach mir gefragt in seiner Not?

Seele:
... nicht zu sehen kriegt.

Fremder:
Wer fragt schon, wenn er am Boden liegt.

11. Szene

Wilfried stürzt durch das Fenster herein. Glas zerspringt. Der Fremde und die Seele lösen sich in Rauch und Blitz auf.
Reales Licht.
Stefanie ist niedergesunken. Wilfried liegt vor ihr.

Wilfried:
Stefanie, hier bin ich schon!
Ich hatte eine Vision!
Du standest in Flammen und wurdest gespalten.
Ich hab's für das Ende der Welt gehalten ...
Stefanie, Stefanie!

Stefanie:
Wilfried, ich dachte, du kommst nie!

Wilfried:
Die Tür war versperrt. Was sollte ich machen?
Da war dann das Fenster ... Soll ich mich trauen?
Ich hab mich getraut. Jetzt hat's mich hingehauen.
Die Scheibe ist hin, der Fuß ist verstaucht.
Was riecht denn hier so? Hast du geraucht?
Das wär doch blöd! Nach sieben Jahren
wieder anzufangen. Ich versteh dich nicht!

Stefanie:
Wilfried, Wilfried, zeig dein Gesicht!
Du bist es.

Wilfried:
Und du bist es auch.

Trotzdem, mir scheint, es riecht nach Rauch.
Du hast doch nicht wieder angefangen?

Stefanie:
Wilfried, fast wären wir untergegangen.

Sie umarmen und küssen sich.

Wilfried:
Nein, Stefanie, du riechst nicht nach Zigaretten.

Stefanie:
Stell dir vor, wenn wir uns nicht mehr gefunden hätten!

Wilfried:
Heißt das etwa, es bestand Gefahr?

Stefanie:
Aber klar doch, Geliebter, klar doch, klar!
Der Welt ward die Seele ausgetrieben
und, Wilfried, wir sind übriggeblieben.

Wilfried:
Du meinst, es war tatsächlich ein Untergang?
Dann aber wirklich Gott sei Dank!
Ein Untergang in unser'm Alter!

Stefanie:
Romantisch zeigt sie zum Fenster.
Schau, der Mond, mir scheint, jetzt strahlt er ...
Hab geträumt, ich sei gestorben.

Wilfried:
Das bringt Glück.

Stefanie:
... und macht wohl müd ...

Wilfried:
Hast dir Bildungsgut erworben ...

Stefanie:
gesprochen
Hab ein Riesenappetit!

Wilfried:
gesprochen
Was hältst du so fest in deiner Hand,
Eingewickelt, mit hartem Rand?

Sie öffnen das Geschenk der Kulturreferenten.

Stefanie:
gesprochen
Es ist ein Präsent
vom Kulturreferent ...
Es sei so eine Art Kochgeschirr.

Wilfried:
gesprochen
Meinst du, so etwas brauchen wir?

Er klopft daran.

Wilfried:
gesprochen
Antik oder Plastik oder Bakelit?

Stefanie:
gesprochen
Ein Kochgeschirr ...

Wilfried:
gesprochen
Ich krieg Appetit.

Stefanie:
gesprochen
Gehen wir essen?

Wilfried:
gesprochen
Haben wir zu Hause nichts mehr?

Stefanie:
gesprochen
Nur Spaghetti.

Wilfried:
gesprochen
Gut, gehen wir essen.

Stefanie:
gesprochen
Rufst du uns ein Taxi her?

Ende

Partiturauszüge

Wechselgesang

2. Szene

Killer - Blues

(Von rechts und links kommen 2 schwere amerikanische Autos hereingefahren. Die Auspuffe rauchen. In jedem Wagen sitzen je 4 Killer. Tragen Sonnenbrillen. Sich aus den Festern lehnend singen sie.)

Ansprache

X5
R. 1
Ach-tung, mei-ne Da-men und Her-ren, Freun-de der al-ten Kul-
R. 2
Ach-tung, mei-ne Da-men und Her-ren, Freun-de der al-ten Kul-
R. 3
Ach-tung, mei-ne Da-men und Her-ren, Freun-de der al-ten Kul-
p
R. 1
-tur, vom Kul-tur-re-fe-rat die Ü-ber-ra-schung,
R. 2
-tur, vom Kul-tur-re-fe-rat die Ü-ber-ra-schung,
R. 3
-tur, wir drei schik-ken uns an, wel-che das Amt uns-rer
R. 1
für den letz-ten Tag der Welt der Mon-go-len ge-spon-sert von sie-ben ver-schie-de-nen Fir-men...
R. 2
für den letz-ten Tag der Welt der Mon-go-len ge-spon-sert von sie-ben ver-schie-de-nen Fir-men...
R. 3
Stadt der Welt der Mon-go-len ge-spon-sert von sie-ben ver-schie-de-nen Fir-men...
f
p

E7 Molto Agitato — 400
(Sehr beunruhigt)
Oboe
Altsax
Bcl.
Fg.
Ktfg.
Hr. 1.3. 2.4.
Tro. 1. 2.
Pos. 1. 2.
Tuba
Pauke
Klavier
poco f
Becken große Tr.
11. Szene
Duett
Stefanie
Wilfried
Stefanie,
Stefanie,
Wil- fried,
ich
Stefanie,
(Wilfried stürzt durch das Fenster herein.)
(Glas zerspringt.)
E7 (Der Fremde & die Seele lösen sich in Rauch & Blitz auf.)
(Reales Licht.)
Molto Agitato
(Sehr beunruhigt)
Vl. 1. 2.
Viola
Celli
Bässe
trem.
tenuto
tenuto
divisi
pizz.
gliss.

Der Autor

Michael Köhlmeier, geb. 1949 in Hard (Vorarlberg). Zahlreiche Veröffentlichungen, darunter »Bleib über Nacht« (1993), »Telemach« (1995), »Sunrise« (1996), seine Nacherzählung der »Sagen des Klassischen Altertums« (1996) und »Dein Zimmer für mich allein« (1997). Rauriser Literaturpreis 1982, J.-P.-Hebel-Preis 1988, Manès-Sperber-Preis 1994, Anton-Wildgans-Preis 1997.

Der Komponist

Kurt Schwertsik, geboren 1935 in Wien, studierte Komposition an der Wiener Musikakademie, später in Darmstadt und Köln. 1958 mit Friedrich Cerha Gründung des Ensembles »die reihe«. 1965 organisierte er mit Otto M. Zykan die ersten Salonkonzerte in Wien. 1968 Wechsel vom Niederösterreichischen Tonkünstlerorchester zu den Wiener Symphonikern. Seit 1989 ordentlicher Professor für Komposition an der Wiener Musikhochschule. 1977 Würdigungspreis der Republik Österreich, 1980 Musikpreis der Stadt Wien.

Drucklegung mit freundlicher Genehmigung
des Thomas Sessler Verlages, Wien
für den Urheberrechtsvertreter
Boosey & Hawkes Music Publishers Ltd.

Druck: MANZsche Buchdruckerei Stein & Co., Wien

Printed in Austria

ISBN 3-216-30310-1